精鋭作家川柳選集

Senryu magazine Collection
Shineisakka Senryu Selection

北信越・東海編

精鋭作家川柳選集

北信越・東海編 ■ 目次

精鋭作家川柳選集

北信越・東海編

内山克子

Uchiyama Katsuko

子供たちが小学生になった三十歳の時、初投句が思いがけず特選句に選ばれ、ビギナーズラックとはいえすっかり川柳に魅せられてしまい現在に至っています。

たった十七文字から生まれるドラマ、小宇宙、人間模様に嬉しい時は共に喜び、悲しい時はどんなに励まされたか知れません。

私から川柳を取ったら何も残らない私ですが、内なる心のつぶやきや叫びをこれから先も発信していきたいと思っています。

日だまりへお出でよ春が生まれてる

クレヨンを使い切ったら春が来る

競うこと止めた日からのいい目覚め

多情多恨いつも生傷抱いている

お隣りの芝生は見ないことにする

太陽と組むシナリオに君が居る

押さないで下さいゆっくり咲くつもり
どんぶらこあなた信じて流れてく
あなたしか見えない私の萬華鏡
忘れたいことなどあって髪洗う
抱いていて下さいかさ蓋とれるまで
口止めをされると言ってしまいそう

年金日嬉しく孫にたかられる

ポケットにいつも置いてる「おかげさま」

深呼吸したら怒りが消えていた

守るものあって飲みこむ言葉尻

本音吐く裏も表もみな私

正解が出るまで飛ばすシャボン玉

好奇心私に翼生えてきた

好奇心いつも光っていたいから

ときめいていたくて電池取替える

萬華鏡夢が私を呼んでいる

残り火を抱いてあなたの風を待つ

戒名は簡単でいい千の風

天寿全う弥陀の笑顔に会いに行く

まだまだと夢追う老いのスクワット

人間のにおいするまで脱皮する

次の世も女で花に蝶になる

いつか咲く夢へ給油をしておこう

土となる日まで詩おう好奇心

北原おさ虫

Kitahara Osamushi

哲学は苦手ですが、学生時代に一冊だけ最後まで読んだ本があります。ベルグソン（一八五九～一九四二）の「笑い」です。笑いが生まれる原理について書かれた本ですが、私は中身より本の薄さに惹かれて買ったのです。でも難解でした。

そしてあれから五十年。還暦を過ぎてから川柳を始めた私に、今、この本が役に立っています。笑いは川柳にとって大切な要素ですが、彼は笑いの方程式みたいなものを教えてくれました。

思わず吹き出してしまう句、くすっと笑わせる句もいいですが、私は自分で自分のバカらしさを笑う句を作ってみたいです。

人間は悲しい時にも笑います。人をほろっとさせるような笑い、そんな句が作れたらいいなあと思っています。

悲しいね悲しい顔のないお通夜

異国では私も青い目をしてる

しっぽ振り一番上手いのはヒト科

平凡に生きて棺もＭサイズ

人生のラスト　シェーン！と呼ばれたい

保養所の裏に産廃処分場

誰にでも好かれる骨の無い魚

前頭部国境線の無い平和

妻よりも電子レンジが愛おしい

旨そうに癌が煙草を吸っている

悪役は客が喜ぶ顔で死ぬ

サンタにもサンタが欲しい年の暮れ

内閣もパチンコ台も入れ替わる

赤ちゃんもメロンもお尻から匂う

頻尿という目覚しに起こされる

隊士諸君敵は養豚場にあり

国中が備中高松城にされ

玉砂利に神の歩いた跡がある

夕焼けはきっと真っ赤な嘘をつく

温泉を癒して帰るツアーバス

よく喧嘩してたわりには子沢山

息の根をディープキッスに止められる

蝿が言うあんたしつこい人やなあ

もう一歩出よと便器に励まされ

指輪より金歯が光るシニア婚

雑巾になってもシャツは絞られる

聞き流すために耳穴二つある

戦争の音も写っている写真

負けと言う証にくれる銀メダル

ほんとうの鬼は仏の顔もする

斉藤理恵

Saito Rie

　三十代から川柳を始めて二十年が過ぎた。義母が誘ってくれた道だった。仕事や子育て介護に川柳、どれも全力投球でやってきた。息切れしそうになった時もあるけれど、家族や柳友に支えられて、ここまでやってこられたのだと思う。

　作句に没頭している時間が私は好きだ。五七五の世界は無限大だから楽しくもあり難しくもある。なかなか思い通りにはいかない。

　現在私は、二人の孫の子守りに目を回しながら、この忙しさを楽しみながら、川柳の道を歩き続けている。

しがらみをといて手紙の十二色

マニュアルが無くて動かぬ膝小僧

置手紙まだまなざしはそこにある

原子炉がすぐそこにある昼下がり

深海魚には遠すぎる雨の音

手の中の蛍よ水は甘くない

春の海イエスもノーも受け止める

まっ白な頃の自分に戻る旅

ほんとかなおいしい水と書いてある

自画像を見せない蛇の孤独感

認知症だけど心はトマト色

年齢は問わぬ保険に拒否される

へその緒がポツリポツリと語りだす

友の手の温さ冷たさなど思う

午前二時母がトイレに起きてくる

聞くことはないかと父のエンディング

里いもと昭和ごろごろ洗う音

露天風呂どこかで猿に見られてる

チョコレート知らない子等のカカオ摘み

芽の出ない豆にも秘めている未来

飲み込んだ色になってくカメレオン

ウイルスが霧の中から現れる

後悔で終わる一日飲み干そう

授かった命につける花の色

笑ってよ笑ってメダカ強くなる
告白はもうされたのかなあメダカ
ただいまの声に反応するメダカ
動かないメダカに春の陽が届く
泣くことも忘れていたねチューリップ
弥生三月ハハカラノオクリモノ

佐藤文子

Sato Fumiko

川柳という五七五に魅せられて数十年。どの作品も私の「想い」、私の「影」です。

悲しい時うれしい時、私の分身でいてくれた川柳。十七音に「喜怒哀楽」のドラマを如何に詠むか。

知識と感性で捉え、私の中でどう昇華させるか。

「一句一姿」心が生み出す川柳を目指し、葛藤が続く。

そんな奥深い文芸をこれからも追い続けたいと思う。

しなやかに生きて心という砦

なぞっては師の山脈を越えていく

焦燥を抹茶の渦に鎮ませる

わたしも過客舞い散る花の中にいる

一枚の無明はがしていく故郷

業なれや壺みたしても満たしても

あめはむらさきなかったことにしましょうか

岐路に来てまたサイコロを振っている

一対の茶碗に風が伏せてある

なだらかな坂で私が朽ちていく

炎をくぐる壺の素顔が美しい

相抱く肩の向こうの雪崩かな

第四楽章涙を殺すのはよそう

正面を向く人間に会いに行く

舌禍とや鎮まぬ波が身の底に

結んでも解いても帯は炎を醸す

勝つためにやんわり縄をなっている

少し聖女に少し悪女に腕の中

一通の封書と春の円舞曲

折り合ってぶつかり合って人になる

角を曲がると笑い話になっていた

てのひらを流れつづける業の川

全開の扉を信じ切っていた

わたくしを証明します切り岸で

粉塵を上げて男の葬が出る

神様に問う外はなし何故がある

生年月日が踏絵のごとく横たわる

恋はたまゆら割れた満月引き摺って

美しく萌えて儚い言の葉よ

本当のえにしは花が散ってから

佐野由利子

Sano Yuriko

ラジオの川柳投稿から始まり、二十数年！
現在、川柳きやり吟社社人として、また地元、静岡たかね川柳会に所属しています。

日頃からアンテナを高く持ち、テレビ・新聞・ラジオ等から、知らない言葉や目新しい言葉と出会った時は、和紙ノートに書き留めておきます。感動した句、いつかこんな言葉を使ってみたいという語彙も然りです。

二十数年の間に戴いたメダル・トロフィー・楯等も五十個を越えました。そんな中、国文祭プレ山梨県大会での知事賞は忘れ得ぬものです。

「高が川柳・然れど川柳」わたくしの川柳道は、まだまだ続きます。

芽吹く音聞こえくるよな春日和

百円の春朝市の蕗の薹

次の世もまた次の世も桜咲く

鳥に空魚に海の道が有り

月燦燦テトラポッドは無表情

春の風すこし冒険したくなる

初恋とバッタリ出逢うエアポート

書き足してまた書き足して恋心

七円のハガキの頃の恋でした

十余年友達以上恋未満

オパールは無口ダイヤは喋りすぎ

褒め言葉ダウンロードをしそこない

そっと起きそ〜っと支度してゴルフ
銀行を出ていそいそとパチンコ屋
愚かだと思わせるのも一つの手
この人に惚れこの人で苦労する
あの時のページ捲れば涙跡
ほどほどの運で人生黄昏れる

冗談の分からぬ犬に噛みつかれ

意地悪なカラスに距離を置いている

暗闇に隠れている蚊出てこいやぁ

もう一度言ってごらんと睨まれる

風呂敷の一升瓶も詫びている

良い人をやめれば肩も軽くなる

野性的暮しポツンと一軒家

池の水全部抜いたら玉手箱

燃えているときめいている生きている

天に柿地には稲穂が陽を弾く

小松菜がさわやか色で茹で上がる

前向きに生きる私の青い空

新保芳明

Shimbo Yoshiaki

私が川柳を書くようになったのは平成八年、高校時代の友人からの年賀状がきっかけで、彼の細君が担当をしていたラジオ局の川柳コーナーに投句する事から始まりました。

ちなみに大相撲で横綱だった輪島とも同じクラスで、彼は東京オリンピックの聖火リレーのランナーも務めました。私は若い時からラジオが好きで、和・洋を問わずオールディーズが好きでラジオネームを使い分け、各放送局にリクエストやメッセージを送ったりしてラジオには今でもよく遊んでもらっております。

私は七十二歳の今も現役を維持しており、休日を利用して関西方面の句会場へ年に幾度となく足を運んでおり、各地の誌上大会へも出来る限り投句をしております。

もういいかいと風呂敷が降ってくる

慎ましく滝はつららになりました

どうしたのそんなに深くお辞儀して

さみしいか見つめて欲しいか寒月

晴れてくる胸にたたんでいるうちに

こだわりを捨てた二月が透きとおる

春の匂いか許されたのか分からない

自画像にポッンと咲いているサクラ

忙しさにかまけておりますの　かしこ

掴むならやはり菜の花色がいい

さみしくてやんちゃにかたち変える雲

まだ試しているの藤が咲いたのに

風に乗りブランコに乗り越えてきた

はじけているのに笑わないゴム毬

自由とは孤独なものよ月見草

初夏の椅子とても素直にハイと言う

北西の小さな窓は空威張り

平均台を渡り切ったら浄土です

お黙りと斜めに雨が降ってくる

道なんて説く弟になっていた

ザクロははじけるワタシははじかれる

みどり色たせば和解ができたのに

秋は澄むこころ澄む日のないままに

吊るされているのは甘っちょろいボク

やっぱりと言われて嘘はうろたえる

真っ白な舞台が吐いたひとり言

父さんの背中に踊り場があった

梅雨晴れを乗せた電車に乗っている

始まりますよ素顔に戻りますよ

長らえる薄むらさきになりながら

菅沼輝美

もうすぐ九十九歳になる母との二人暮しをしている。お互いに連れ合いに先立たれてのことである。母は私を含め三人の娘を授かった。趣味一筋の人で、油絵、日本画、水墨画、川柳、書道等、多趣味である。

油絵と水墨画は長女が、次女の私が川柳を、妹は書道を。川柳は殊に父も主人も息子も影響を受けた。年賀状には毎年「家族川柳」と称して一句ずつ載せてきた。

川柳歴七十年の母、私も五十年程になるが、今日迄、一字一句手を入れて貰ったことが無い。それが私にとって掛け替えのない、母の凄さだと感謝している。

母は母らしいフサノ調で、私は私で輝美調、全く違う作風で漂っている。

赤い靴

火の章で踊るもうひとりのわたし

完全燃焼悔いは残さぬ赤い靴

前向きの靴で雑音拾わない

絶景が見たくて上げてゆく難度

善人を演じ続けている疲れ

潮時を逸しピエロに徹しきる

信念で浴びる火の粉は熱くない

王様の部屋は酸欠かも知れぬ

結末が読めて淋しくなる羅漢

しあわせへ吹雪く心の隙間風

華やかな過去へ寡黙の再生紙

忘却の彼方で刺が呼吸する

一徹を通し出過ぎた釘になる

白い歯がこぼれ主張が丸くなる

聞き役にまわると解けてくるパズル

道化師が集まり笑えない話

愛されていると信じているこけし

酔い知れていたい女の白昼夢

月光が照らすピエロの泣き黒子

花遍路愛の着地が見えぬまま

天中に咲いて花火の闇深し

まだ咲ける夢へときめき忘れない

運命の人とひたすら漕ぐボート

豊かさに溺れぬ母の木綿針

親と子の主張譲らぬ湯がたぎる

おにぎりの真ん中にいる梅の自負

良い人に摘まれ生涯咲き続け

天職を生きいさぎよく散る桜

秋の章わたしの色へ固執する

神が幕引くまで夢の灯は消さず

住田勢津子

Sumida Setsuko

わたしにとって川柳は、日々の生活にメリハリをつける調味料のようなもの。だから後味の悪くなるものはできるだけ詠みたくない。読んで元気の出るもの、そして少しでも希望が感じられるものを詠みたい。

とは言え、暗く重いものが多い世の中、そうとばかりも言ってられない。なんともやり切れないものを詠むしかない場合もある。そんな時もできるだけ軽やかに詠むことを心がけている。

介護の最中、川柳にどれだけ救われたことだろう。軽く笑いとばすことで気持ちを切り換えることができた。斜めから自分を見ることで冷静になることもできた。能天気でいいじゃないかと句が力づけてくれた。

お陽さまの匂いわたしの常備薬

愛すでに空気となってパンを焼く

雛飾る一番乗りの春笑う

大地からかすかな鼓動春芽吹く

握られた手から指から春になる

春キャベツ躍る四月のフライパン

生きっていいな咲いては散るさくら
背伸びして両手を浸す青い空
雨の日のテニスコートはしゃべらない
六月の木綿のシャツは風がすき
縄電車次は青葉の風の駅
褒められて青空ひとつ渡される

しあわせになるはずだったしゃぼん玉

月冴えてわたしに守るものがある

結んでは解く家族という包み

転がしてじっくり溶かす飴ひとつ

蛇口からたっぷり水の出る平和

水を抱き水に抱かれている命

大根がりんごに化ける里に住む
りんご向く右手信じる左の手
天仰ぐ大樹は蟻を遊ばせる
わたしからあなたへつなぐありがとう
ひと巡りわたしに返るありがとう
しあわせのリズム時々欠伸する

ずっしりとあんこ幸せここにある

手袋を外す指切りしたいから

自販機のホットのボタン押して秋

膝抱いて一人を抱いて柚子の風呂

端っこに座るとほっとする背骨

しあわせの形ちがっていいんだよ

相馬まゆみ

Soma Mayumi

平成十五年（二〇〇三年）の一月ごろだったと思う。ひょんなことから「川柳」という文学に足を踏み入れることになった。私の思っていた『川柳』は、新聞に掲載されている「おもしろ川柳」「サラリーマン川柳」だった。

この世界を知って、その奥深さに魅了されてしまった。始めた頃は、著名な川柳家の方々に憧れ、どうしたら良い句が出来るかを日々考えていた。結果、「私は私」でいいのではないかと思い出した。「心の叫び」や「私自身」「人間」に向き合い五七五で表現する。言葉を右に左に前に後に転がし、句に深く入り込む。そして「心」と対峙し詠み込む。そこに私らしい句が生まれるはずだと思っている。

三角に折るとはみ出す美辞麗句

まだ力あります藁も掴めます

大切に育てています　底力

迷走をし続けている痩せたペン

沈黙の底が見えないから覗く

少しだけ浮くと錘をつけられる

不揃いの石で砦を積みあげる

異議のある鏡をいつも持っている

にんげんに戻るため夢見続ける

踏んばって踏んばって書く　あした

罫線のないノートから翔ぶ自由

善悪の真ん中あたり痛みだす

濃い色もわたしの一部夕陽抱く

風といま遊んでいます母の夢

ひまわりが大笑いして夏終る

悲しい赤ですね土手の彼岸花

棘のない薔薇を作っておりますの

決心がつくまで波と戯れる

満月を磨く曇りがないように

彩ひとつ足すと満足する鏡

平凡を磨いて今日を終らせる

もう一度ロマンに水をやっている

まごころの定位置にある玉子焼

甘すぎる話はすぐに煮くずれる

ダイジョウブデスカと骨が聞いてくる
しがらみを一本外す午後のお茶
喉仏あたりで言葉煮崩れる
鬼ごっこワタシが私見失う
両端を結んで出来たアイシテル
生きてます真っ赤な息を吐きながら

竹内いそこ

Takeuchi Isoko

川柳との付き合いが長くなった。

もう二十年になっていた。

それはまるで人との出会いのようで、当初はカッコつけたものばかり作っていたように思う。打ち解ける度合いが進むと理想を語った。自信のない自分を見せないようにとのカムフラージュだったのだ。やがてそれにも疲れて、自然体になった。平仮名が増えた。やわらかい字面が優しくていいのだ。漢字を思い出せなくなった言い訳だろうか。

川柳は人間を詠むものだという。でも景色や季節や動物も私は詠みたい。冬なら寒いと。腰が痛むと。

春になり渡り鳥が帰っていった。気を付けて帰れよと見送った。また秋に待っているぞと。

こんな世界に生きているのだから、そこに発生するおもいがある。ていねいに詠んでいきたい。

イントロが始まる東窓の赤

百態の笑顔やさしい冬の海

無駄ひとつふたつ残して自然の美

ビルの影のびてジョッキが待ち遠し

大空を描き残した雪の山

報道が残す時代のひとかけら

傷ついて泣いてまた立ついじらしさ
限界のちょっとむこうにある理想
ひと呼吸ずらし綱引き勝ちにいく
秋の赤ここで充電しておこう
ホモサピエンス創造物にすぎぬヒト
この夕陽きっとあしたを連れてくる

渡り鳥なにが野心をかきたてる

飼い主の頑固をしのぐポチの意地

尾の角度さげて本気をみせてやる

正解はやはり家だよ青い鳥

さあ出番脱皮をしよう揚羽蝶

老いた犬狩場の笛にスッと立ち

大学ノートページの隅で育つ恋

送信ボタン一方通行の想い

君に夢中バラの棘さえ愛おしい

削除した恋に棲んでた素の自分

古傷が癒えないうちにまた火傷

海を背にアクセル恋はもう捨てる

表情筋何を警戒しているの
老女から童女を脳が飼い馴らす
西に行く地図は隠しておく余命
男の影夢の骸に詫びている
呑み足りぬ前世の尾がまだ見える
ゴーイングマイウェイふらつくな自分

外側としみ

Togawa Toshimi

川柳に魅せられて

最近一番嬉しかったのは、三月の初め、しかも誕生日にダブルアーチの虹を見たことです。もしかすると良いことが起こるかも。こうした小さな「嬉しい」の積み重ねを生きる原動力にして、川柳の作句に日々励んでいます。

川柳との出会いは突然に…二〇〇二年の春、書道の恩師に勧められて入門講座に入り、その年の秋には浜松川柳社いしころ会の会員となりました。それから今日に至るまで、多くの先生や先輩方に恵まれ、楽しく川柳を続けてこられたことをとても感謝しています。

川柳とは、私が自分らしくあるための存在証明に他なりません。

これからも、心の風景を句に刻み付け、毎日を丁寧に暮らしていけたら幸せです。

海に降る星にさよなら言い忘れ

砂糖漬けされた菫のひとりごと

指先に春の香りをまとわせる

三月に生まれ微熱を秘めたまま

みちのくの屋根にそぼ降る涙雨

こぼれ種こんなに花が咲きました

柵を越えて静かな水の音

失恋のサラダボールに盛る涙

サイコロの目に私を遊ばせる

紫陽花に抱かれて恋の迷い人

夏きざし微かに今が乱れだす

美ら海の悲しみ秘めた黒真珠

月光に羽が透けてはいませんか

付け爪を落とした夏の曲がり角

移り気を九月の雨にさいなまれ

更新の果ては海色透ける貝

進化する前には確か飛べたはず

ビーナスの吐息をたどる星月夜

肌の照り残して秋におちていく
痛点はフワリ天使の羽根あたり
くまモンの化粧回しがたくましい
冒険の時を忘れた二重窓
またあなた基本テーゼが揺れている
音程を外し奈落に堕ちただけ

許されてさくらんぼうの片割れに

お喋りなグラスが過去に触れたがる

イヴだった頃の記憶がまといつく

罪深いセピアの殻の割れる音

冬銀河すこしあなたが近くなる

いつかまた会う日のためのノクターン

戸田冨士夫

Toda Fujio

川柳には元来競い合う傾向があるが、私は川柳を自分の人生を味わう方便の一つと捉えている。だから自分の句に自分自身が納得できることが他人の評価よりも大事だと思う。とはいえ言葉は相手に思いを伝える手段であるから、その表現には的確さが要求される。

五七五音の韻文が世界一短い詩といわれるのは、漢字、平仮名、片仮名、及びアルファベットすら使える日本語のお蔭だと思う。単語を線的論理で結ぶ拡がりのない表現より、五七五を白紙に落す三滴のインクに例えると、三点の染みがぼやっと滲んで繋がるような点的論理の文芸の味を出したいものだ。

私の川柳の三要素は、①明確な主張　②ユニークな表現　③小気味よいリズム。これを目指したい。

月と星　好きと愛との遠い距離

放っとけば冷めていきます　湯も恋も

裏側は見せぬ月です　女です

友達以上恋人未満なる掟

開けない平方根のまま愛す

五欲みな削って残す愛ひとつ

罪な手だ　二足歩行をして以来

人間のように地球は騙せない

押したのは神かも知れぬ非常ベル

人間に神のサインが見抜けない

文明を激しく叱る雨が降る

被災した子が母さんと決めた星

太古から続く命のアンコール

いのちとや　涙は海の味がする

蝿一匹　人には創れない命

スタートもゴールも知らず生きている

自然治癒　体の奥におわす神

薬よりたぶん笑顔が治療薬

はっきりと見えぬ余命の茶のうまさ

ひたむきに生きて子供になった母

点滴の針まで迷う安楽死

菩薩にも夜叉にもなってする介護

目標を詰めたボールはよく弾む

焦らずに今日の一段だけ上る

敗戦を忘れた国の認知症

不戦への誓いが揺らぐ国揺らぐ

頂点を支える石は語らない

ＡＩが押すかも知れぬ核ボタン

輪廻転生さえも許さぬ放射能

天敵のいないヒト科の不幸せ

八甲田さゆり

Hakkoda Sayuri

学生時代から読書が趣味で、四十代までは毎月十五冊から二十冊を古本屋を巡りながら読み耽っていたのも懐かしい思い出です。

還暦を過ぎた頃から視力が低下して、集中して活字を追えなくなり、川柳の基本だけしっかり学び、川柳誌に目を通すだけで精一杯ですが、川柳大好き!!　投句大好き!!

《全没でもいいの川柳好きだから》と自由気ままに川柳を楽しんでいます。

五月晴れ見に来ませんか深海魚

陽が昇りひとり芝居の幕が開く

五線譜で踊っています古希の舞

オットット歌舞伎役者のように転け

脳のネジ少し緩んで物忘れ

ポンコツも走る気概を持っている

逆走へ脳のシグナル閉じたまま

人が好きだけど自分はもっと好き

多数決わいわい騒ぐ少数派

カタカタカタカタ貧乏揺すり誰ですか

喋りたい禁句が喉でゴーロゴロ

ここで声出さなきゃ明日槍が降る

座も和むぼやき自虐の酔っぱらい

水割りのグラスもそっと頬を染め

紙コップの中で拗ねてるロゼワイン

折れ線のグラフが叱る今日の酒

コスモスがゆらりゆらゆら亡母の秋

もう翼閉じてもいいね眠いから

訃報よりショック喪服が縮んでる

倦怠期こっそり隠す夫婦箸

居れば邪魔居なけりゃ困る共白髪

夫より先に渡ろう三途川

風呂上がりリアルすぎてる妻の顔

豹柄を脱げば可憐な京女

爆睡の妻に感謝の手を合わせ

そっと出すバラ一輪が照れている

お互いに歳とったねとするお茶

商店街コロナよ去れと祈祷祭

ポジティブに生きてピンチに動じない

幸せは足元にほら微笑んで

広森多美子

Hiromori Tamiko

気持を発信

今回、思いがけず川柳選集のお話をいただきました。私にとっては古希の記念にもなるとの思いで参加することにしました。

川柳との出会いは、宮村典子さんとの出会いでした。彼女に誘われて「せんりゅうくらぶ翔」に入会。そこで、自分の気持を自分の言葉で素直に書くことを教えられ、私は日記のように川柳を書き始めたのです。

この春で十七年、暮しの中に川柳が根付きました。

これからも自分の気持を五・七・五で発信していきたいと思っています。

生きている証きれいに脈を打つ

騒動の種を蒔いたね春の日に

桜色を足してあなたに逢いに行く

バラのトゲ痛い思い出連れて来る

満月にスクープされた胸の中

いつまでもはまっていたい甘い罠

指先に蝶々が止まるいい予感

生きること生かされることすべて愛

ときめきを探しに赤い靴を買う

約束の小指に春が降ってきた

さみしがり屋であなたの愛を縛ってる

日だまりを懐に入れ秋惜しむ

踏み込んだ庭から足が抜けません

生きている喜びが増す美容院

じゃんけんぽん私の指はみな元気

ゆっくりと君の歩幅になってゆく

読んでほしい読まれたくない恋心

恋い破れ花の咲いてる駅に降り

人並みに歩幅合わせて生きていく
ひとしずく流せる涙まだ残る
寂聴の法話を耳に座らせる
夕焼けに待たされ幕が降ろせない
手料理のおいしさ母のさじ加減
内視鏡過去の罪まで読めますか

今日を書く明日へ繋げる日記なら

真心の定位置にある母の鈴

神様のシナリオでした途中まで

美しい花火を上げて過去を消す

新しい翼が光るまで仮眠

神さまと結んだ夢が開く春

藤森ますみ

Fujimori Masumi

川柳マガジンさんから「精鋭作家 川柳選集」などというソラ恐ろしいような企画を頂いた時「へっ、私が」というのが正直な気持ちでした。

合同句集とはいえ初めての私の本です。

散々迷った挙句、豊橋番傘川柳会の会長からの「一冊ぐらい出しておいても」との言葉に勇気づけられ、この度の運びとなりました。

古希を迎えたと同時に出たお話に、良い記念になりそうです。

手に取って頂いた皆様に心からお礼を申し上げます。

きれいだと思う男の胸の汗

おとがいの角度へ君が落ちてくる

主婦を脱ぎ捨て女狐と言われたい

かばい合う悪はこんなに魅力的

咲いたのに花盗人は現われぬ

ついて来いとは言われないから先を行く

私末だ何とかダシが出るみたい

ふたりきり桃が流れて来ないから

つまらないことで喧嘩が出来る仲

握り飯の中味は当たりくじだった

世に見せているのはほんの一部です

窓ガラス昔が消えるまで磨く

ユニクロの海へ沈んでいく個性

矢面になりそう低い靴を履く

グレーゾーン利口なポチはお手が好き

自分史の通り生きるの難しい

どの役もこなして自分見失う

正解を出す必要のない暮らし

やっかみも混じるブーケが美しい

真実をとても上手にラップする

負の継ぎ目から体臭が漏れている

決められぬ男体臭まで半端

落ちた時から上向きになる画鋲

大笑いして悲しみが止まらない

出ない答えを一生問うていくのだろう

鏡から無心の笑みを返される

一億の蝉が本音で鳴いている

大きめの箱に明日を入れ替える

人間に戻る十三階段で

蓋開ける古希には古希のおもちゃ箱

古川政章

Furukawa Masaaki

川柳の虜

文章による表現を趣味にして四十年。その間、下手な小説やエッセイをダラダラ綴っていた者が川柳の敷居を跨いで十七年。今や散文の世界にはちょっと浮気する程度になっているほどに、韻文の魅力に嵌っている。

年数ばかり積んでもこれといった句を物にできないでいるが、五七五のリズム、表現の潔さ、ひとつの言葉の重さの虜になっている自身に酔ってもいる。

僅か十七音の世界で簡潔に人間の喜怒哀楽を表現するのは、それこそ想像という宇宙に言葉を探し求めること。さらに突き詰めて人間賛歌の句をと、時には道化師のように時には哲学者を気取り「物語を描くように詠み、ドラマを観るように読む」をバックボーンに今日も川柳に勤しむ。

喜劇

喜劇での涙に変えたブルドッグ

もう笑うしかない政治家の茶番

不謹慎ですか喪服が色っぽい

生きている灰汁のつもりで愚痴を吐く

席につく上下にくだらない議論

離婚劇回避している演技力

老い

詐欺電話に難攻不落遠い耳

進化するかぎり老いにもある未来

歳とって歯ごたえのない痴話喧嘩

順調な老いに抵抗するエステ

ポンコツの僕にボルトも締まらない

どう死ぬか問う結末はミステリー

風刺

シナリオに涙を足している謝罪

隠ぺいの蓋こじ開けたペンの先

出る時へ杭は空気を読んでいる

海岸へ低いモラルが流れ着く

パッキンが減って陰口漏れている

出世魚解体ショーに出る末路

妻

結婚の日から首輪をはめられる

おいしさの手品師がいる台所

旅に出て妻は財布の羽伸ばす

記念日は飲めない妻も頬そめる

吊り橋を妻と渡った頃が花

苦も楽も溶けた夕陽を妻と見る

家族

席ゆずる児童の親がほめられる

煮えるまで箸が待てない食べ盛り

食うために生き育てるために生きた

自立する　親の価値観蹴るように

子宝を育てたウサギ小屋の自負

今日からは家族　子犬と握手する

松原ヒロ子

Matsubara Hiroko

幼い頃から短歌など独学でたしなんでいた母の影響もあって私も文字に親しみを持つようになり、中・高と文芸クラブに在席する。その頃の憧れは、若山牧水や石川啄木でした。結婚と同時に家事に追われて文芸も中折れとなるも、五十代の頃に川柳と出会い、中日川柳会に入会しました。

それからは川柳の持つ奥深さと表現の豊かさにただただ魅了されるばかりでした。色々な大会に参加する中で、沢山の方との出会いも喜びのひとつとなっております。

これからも心の奥から湧き上がってくる思いと向き合い、川柳への情熱を失うことなく詠んでいきたいと思います。

この度、川柳選集に名を連ねさせて頂くこととなりました。お世話になった方々に感謝申し上げます。

花だより夢は形になってゆく

鰯雲命の果ては語るまい

漁り火よ叱ってくれる海がある

澄み切った空を足したい母の景

磨り減った男と春の絵を探す

負けません一つずつ消す冬の音

無為無冠なれど石段上り切る

余生とや筆の払いはゆっくりと

断片をつなぐと時が雫する

草もえる春の動詞が美しい

望郷を紡ぐわたしの糸車

真っ直ぐな雨なら愚痴も聞いてやる

読み終えた本せせらぎの音がする

絵心のある風だから乗ってみる

水無月のいずれ火となる文を書く

空蟬に生きる深さを知らされる

月光に濡れる私の備忘録

喝采は無いが貫くものがある

老練の筆勢いを抜いてある
知性とは青いインクの蓋をとる
目録にない青空をくれた人
残光にかざす双手の罪深さ
日々ドラマ煩悩坂はまだ続く
一粒の砂にも宿るものがある

咲き切った花に迷いの色はない

受けた恩マリンブルーにして返す

二重橋歴史が変わる音がする

落丁の隙間はポエムだと思う

どん底に落ちては人を又愛す

破るのは美濃和紙ほどの憂いです

宮内多美子

Miyauchi Tamiko

姉や兄の影響で、物心つく頃には字が読めるようになって、早くから読書の楽しみを知った。小学三年の時、担任の女教師から「何でもいいからこれに書いて、先生に読ませてね」と、一冊の大学ノートをプレゼントされた。この事が、自分の進路の方向性の契機になったと思っている。

情報出版社を経て、医学（動物）出版社の仕事をしていた時、知人がやっていた川柳に興味が湧き、地元の川柳教室に参加するようになった。リタイア後は、習慣である読書と川柳を「詠む」ことがライフワークになっている。

川柳を始めた前半期の頃の思い出の深い作品を集めた。

ぶんぶんぶん地球は青いままがいい

お静かにこころの声を聴いてます

宵闇に溶けてカラスは時期を待つ

八日目の蝉に尋ねてる明日

トリックに気付いてからの貝の口

影揺れて大山さえも揺らぎだす

進歩だと信じ地球を食い尽くす

気のせいか他人の空は晴れている

生い立ちの影が宿っている素顔

四季の乱　配達人がまだ来ない

天高く健やかであれ秋の章

おきれいねたったひとこと心浮く

あの人が言えば頷く葱坊主

宿命の範囲で蛙ジャンプする

特大の西瓜はんぶん垣根越え

腰骨にずり落ちそうな自己主張

早朝の電話ご主人からのありがとう

問診の欄に間違いない血筋

切れ味を試されている役どころ

ベストセラーと聞いて慌てて読んでいる

致死量の笑顔が誘う蟻地獄

コクゾウムシお前も好きか米どころ

価値観の朱に交われず独りぼち

結局は自分の井戸で生きている

君がいたから辿り着いてる深い森

漕ぎ出せばきっと笑顔がついてくる

いい色が出そう仲間という絵具

ふいに手を繋ぎたくなる曲り角

バンジージャンプ　ロープ一本信じ切る

熱いもの抱きじたばたなどしない

宮田喜美子

Miyata Kimiko

春三月、我が家の小さな庭に、桜草が可憐に咲き競っている。余りにも可愛くて、三株植木鉢に移し、玄関脇に置く事にした。はらはらと今にも散りそうで愛おしい。

そうだ花言葉は、と早速図鑑を開く。初恋、無邪気、ギリシャ神話では、女神の息子が恋人を失った悲しみから死を選ぶ。その死を悲しんだ女神が息子を桜草にしたという。

欧州では死をイメージする花とあり、喩え神話とは言え少し気になり、もう一冊を開く。浦和の田島ヶ原では特別天然記念物に指定され、一茶の句に（我が国は草も桜を咲きにけり）と詠まれているそうでほっとする。三月とは言え水は冷たくそっと井戸水を注ぎ、一足早い桜草に見入っている。

身の丈のしあわせでいい桜草　喜美子

アンビシャス空がだんだん高くなる
少年の未完悍馬のまぶしさよ
誤解とくさくら吹雪の下で解く
満ち足りて父は翼を刈り落とす
雨水溝なんなく飛べるはずだった
毀れゆく君とほのかな残照と

ペアカップぽつり遺して風ばかり

あの世この世古井の底の水あかり

出し殻のアイディアでした昼の月

水に浮く程の話をことさらに

幸せは磨けば光る夫の靴

廃屋にどこより赤い実南天

想像をふくらませよと黒が言う
骨密度クラゲが耳を澄ましてる
魂が宿る口びるの先っちょ
百万歩歩いた靴だよく磨く
トライする視線が熱い麦の青
拳骨を開くと風はさくら色

舞い終えて一際光る夕あかね

紙人形紙の命を光らせる

アリバイに歯形を三つ付けておく

美しい言葉に付箋貼っておく

自己主張しない豆腐で愛される

ボリュウムを絞ると冬の声になる

無防備に街に転がる昼の月

相槌を打ったあたりの雲母虫

喝采は邯鄲の夢つばき落つ

魂の奥へ奥へと仁王の目

既に風尽くす人なく爪伸びる

一粒の麦になりたい風と住む

渡辺遊石

Watanabe Yuseki

（1）囲碁と川柳

ある時、囲碁の上達方法を尋ねられた依田元囲碁名人は「それは感動することです」と答えたそうで、大いに私も共感するところである。そして川柳を始めて本質的に大切な点は囲碁も川柳も同じであると気付いたのである。

（2）良い川柳とは

①心に響く句であるか。

ああだからこうだからではなく、読んでみて素直に心に響きなおかつ余韻が残されているか。

②五七五音を基本とした美しい調べを保っているか。

以上、二点を中心に置いて川柳を鑑賞しているのだが、己が作句となるとなかなか難しいものである。

五時からは高田純次の足取りで

先生と呼んで損したことはない

どうしても元に戻っていく迷路

ＡＩに浪花節から教えたい

粉が舞うマッチ一本擦ってみる

おや君も背中に付いたバーコード

掠れ筆森はますます深くなる

墨汁を垂らして白を確かめる

記念日を蛍光ペンで塗って待つ

賽銭に見合う小さな願い事

よく笑う人を見ている丸い月

幸福が一目散に駆けてくる

窓ぐらい開けて話をしませんか

人が皆やさしさを知る曲がり角

健さんは無理だムーミンには成れる

少しずつ善人になる紙オムツ

箱の中箱の話を聞いてやる

日本語が理解できずに老いを知る

一礼をしてから下りる男坂

ごつい指時代遅れを気にしない

黒光りするまで黒を塗っている

美しい国が貰った化石賞

沖縄の海へ民意も埋め立てる

フクシマの海の命に急かされる

人間の都合で増える殺処分

人間を見詰め続ける埴輪の目

透明になるまで磨く窓がある

今生きる明日の地図は描かない

自分史の締めは自由と書いておく

国家など無くなる時がきっとくる

精鋭作家川柳選集　北信越・東海編

内山克子（うちやま・かつこ）
　昭和19年、長野市生まれ。旅館の四代目女将の多忙な日々の傍ら川柳を楽しむ。川柳六文銭上田吟社所属。

北原おさ虫（きたはら・おさむし）
　昭和21年大阪府出身、愛知県瀬戸市在住。趣味は山、昆虫、川柳。川柳マガジンをホームグラウンドに川柳瓦版の会、愛知川柳作家協会、フェニックス川柳会所属。

斉藤理恵（さいとう・りえ）
　昭和36年6月20日生まれ。平成9年2月、柳都川柳社会員。平成12年1月、柳都川柳社同人。現在、柳都上越川柳会会長。

佐藤文子（さとう・ふみこ）
　名古屋市緑区在住。平成4年、中日川柳会入会。現在同会委員、渉外部。著書に句集「風祭り」。

佐野由利子（さの・ゆりこ）
　静岡市川柳協会会長。静岡県川柳協会常任理事。川柳きやり吟社社人。静岡たかね川柳会副代表。静岡県シニアクラブ文壇川柳選者。しずおか丸子詩まつり川柳選者。

新保芳明（しんぼ・よしあき）
　昭和23年1月8日、金沢生まれ。平成18年に蟹の目川柳社に入社。平成26年、川柳塔まつりで赤松ますみ様に導かれ、川柳文学コロキュウムに入会させて頂きました。

菅沼輝美（すがぬま・てるみ）
　飯田天柳吟社。柳歴五十年。

住田勢津子（すみだ・せつこ）
　昭和29年生まれ。愛知県愛西市在住。柳歴15年。平成17年より川柳作りを始める。3年ほど投句中心。その後句会にも参加するように。中日川柳会同人。

相馬まゆみ（そうま・まゆみ）
　三重県亀山市在住。平成15年、せんりゅうくらぶ翔へ入会し、現在同人。平成28年より副代表。

竹内いそこ（たけうち・いそこ）
　北海道夕張市生まれ、富山市在住。カラット代表。川柳瓦版の会同人。川柳えんぴつ社同人・編集人。

著者プロフィール

外側としみ（とがわ・としみ）
静岡県生まれ。魚座のO型。浜松川柳社いしころ会同人。ふあうすと川柳社同人。静岡たかね川柳会会員。静岡県川柳協会理事。

戸田冨士夫（とだ・ふじお）
平成12年に中日川柳会に入会。現在、中日新聞「あすなろ川柳」の選者。春日井市短詩型文学祭の実行委員。春日井市生涯学習三団体の川柳部門講師。

八甲田さゆり（はっこうだ・さゆり）
愛知県豊橋市在住。柳歴16年。川柳カリオンの会、他14柳社の会員誌友。

広森多美子（ひろもり・たみこ）
平成27年三重県川柳連盟文化奨励賞、三重県民文化祭川柳大会最優秀賞、四日市短詩型文芸祭四日市市長賞。28年三川連川柳大会優秀句。31年初春おいせさん川柳大会伊勢市教育長賞。

藤森ますみ（ふじもり・ますみ）
豊橋番傘川柳会同人。番傘川柳本社誌友。愛知県川柳作家協会会員。静岡県川柳協会会員。

古川政章（ふるかわ・まさあき）
平成15年、氷見川柳会入会、現会長。富山県川柳協会副会長、川柳えんぴつ社同人、福野川柳社会員、えんぴつ高岡の会会員、富山番傘会員、NHK学園講師、氷見市中央公民館講師。

松原ヒロ子（まつばら・ひろこ）
平成8年、中日川柳会に入会。平成13年4月から同委員。中日新聞社「あすなろ川柳」選者。

宮内多美子（みやうち・たみこ）
愛知県尾張旭市在住。平成18年4月、川柳を始める。名古屋川柳社同人。尾張旭川柳会会員。名古屋市短詩型文芸審査員。

宮田喜美子（みやた・きみこ）
昭和16年生まれ。金沢市在住。蟹の目川柳社同人。柳歴10年。

渡辺遊石（わたなべ・ゆうせき）
昭和27年5月5日生まれ。平成28年、川柳さくら・川柳マガジンクラブ静岡句会担当同人。川柳文学コロキュウム会員。囲碁指導講師。

精鋭作家川柳選集
北信越・東海編
○
2020年 8 月 7 日 初 版
編 者
川柳マガジン編集部
発行人
松 岡 恭 子
発行所
新 葉 館 出 版
大阪市東成区玉津1丁目9-16 4F 〒537-0023
TEL06-4259-3777㈹ FAX06-4259-3888
https://shinyokan.jp/
印刷所
第一印刷企画
○
定価はカバーに表示してあります。

ISBN978-4-8237-1032-2